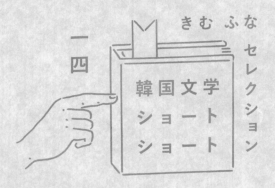

きむ ふな セレクション

一四

韓国文学
ショート
ショート

ある夜

ユン・ソンヒ 著

金憲子 訳

原文では、作品中の年齢表記は数え年で記されているが、訳文では日本の慣習にならい、満年齢での表記とした。

1

一週間前、私はマンションの広場でキックボードを盗んだ。ハンドルにカメの形のシールが貼られたピンク色のキックボードだった。足を置くボード部分には青い文字で「チャン・ミンジ*1」という名前が記されていた。その日の昼間は、夫の叔父に会うために尚州*1を訪ねていた。叔父さんは、チャンチククス*2を食べに村の集会所に行く途中、落ちていた柿を踏んづけて転倒した。骨折はしていなかったものの、救急救命室で一晩過ごして帰宅してからというもの、言動がたまにおかしいらしく、完全にプツンと切れちゃう前に一度訪ねてほしい、と叔父さんの娘から電話をもらったのだった。

---

*1 【尚州】 慶尚北道の北西部に位置する内陸の地方都市。干し柿の産地として有名

*2 【チャンチククス】 いりこだしのスープに素麺と野菜や卵などの具材を入れた温かい麺料理。婚礼など伝統的な祝いの席で出される

〇〇三

電話を切ったあと、それにしても妙な言いようだなと思った。切れちゃう、だなんて。まるで人を紐かなんかみたいに。叔父さんと夫はたったの五歳しか離れていない。

夫の祖父が五十を過ぎて再婚し、そのあと生まれた息子が叔父さんだったのだけれど、夫はそれが恥ずかしくて周囲には従兄だと嘘をついたりしていたそうだ。二人は同じ小学校に通っていた。結婚式場で叔父さんは私にこう言った。俺はこの家の男連中のことならよく知ってる。だから、甥っ子の嫁さんには先に謝っておくよ、と。その言葉があったせいか、叔父さんが腹違いの弟だという理由でその兄たちが遺産を一銭も分けてやらなかったという話を聞いたせいか、とにかく私は夫の親族のなかでただ一人、叔父さんだけは嫌いじゃなかった。叔父さんは、私を見て甥の嫁だと認識できたのに、肝心の甥のことは分からないようだった。叔父さんの娘婿が鶏だときたのに、肝心の甥のことは分からないようだった。叔父さんの娘婿が鶏だと

タッペクスク*3を作ってくれた。柿の皮で作った飼料で育てた鶏だそうだ。食事後に梅実茶を飲んでいると、叔父さんが私に尋ねた。ところで、どうして一人で来たんだ？

シルチャ*4を飲んでいると、叔父さんが私に尋ねた。ところで、どうして一人で来たんだ？ミニョンは死んだのか？　夫は叔父さんの手を握りしめて言った。叔父さん、俺ならここにいる。俺がミニョンだ。叔父さんは夫の顔をしばらくじっと見つめ、首を横に振った。違う、ミニョンじゃない。そう言って泣いた。そして私に、夫が小さいころ

〇〇
四

ゴム鉄砲を隣家の子の目に当ててしまった話をしてくれた。ミニョンはその前にも干し草を食べている牛に向かってゴム鉄砲を撃って、あいつの親父に大目玉を食らってたんだ。あいつは小さいころ、悪ガキでね。兄貴の性格上、今度またバレたらただじゃすまないだろうと思って、俺が言いに行ったんだ。実は俺がやったんだ、って。

四代続きの一人息子の目が見えなくなるところだったんだぞって、隣のおじさんに頼をひっぱたかれたな。私は叔父さんに、どうして、と尋ねた。なんで代わりに叱られに行ったのかって？俺を「叔父さん」じゃなくて「兄さん」って呼んでくれてたからさ。その甥っ子が死んだなんて、と叔父さんは話し終えてまた泣いた。そんな姿を見たくなかったのか、叔父さんの娘が柿を干してあるところを見せてくれると言うので、彼女について外へ出た。干し柿がずらりと吊るされていた。わぁ、見渡す限りだいだい色と朱色の世界ね。私の言葉に、叔父さんの娘が笑顔で返した。お義姉さん、ここはどこもかしこも朱色やだいだい色、あかね色ですよ。干し柿を見せてもらって

*3 【タッペクスク】丸鶏をニンニクやナツメなどと一緒に煮込んだ料理

*4 【梅実茶】砂糖やハチミツに漬け込んだ青梅のエキスを水やお湯で割ったもの

戻ると、叔父さんは昼寝をしていた。枕の下に、十万ウォンを入れた封筒を挟んでおいた。帰る道中、接触事故に遭った。バスが車線変更をしていたトラックの後部に追突したのだ。幸いケガ人は出なかったが、運転手同士が声を荒らげて口論を始め、そのせいで事態の収拾に時間がかかった。家に着くと、夜の九時を回っていた。もう夕飯の支度は面倒だからヌルンジ[*5]でも煮て食べましょうと言うと、夫がコンビニの弁当とやらを食べてみようと提案した。うちのある一〇二棟からマンションのテナントエリアにあるコンビニまで行くには、中央広場を通る。お弁当を買った帰りに、そこでキックボードを見かけた。ブランコの横に、そのキックボードはあった。まるで、ついさっきまで人が座っていたかのように、ブランコが揺れた。私はブランコの上においた弁当を置き、キックボードに乗ってみた。左足をボードに乗せて、右足で恐るおそる地面を蹴った。ピカッ、ピカッ。タイヤが光った。キックボードに乗って広場を一周した。それからお弁当を持って家に戻り、夫と遅い夕食をとった。夫はそのあとすぐ寝てしまったが、私は深夜まで寝付けなかった。ソファーに座ってぼうっとテレビを見た。切れちゃう。切れちゃう。叔父さんの娘の言葉が何度も脳裏をよぎった。確かに、その言葉どおりのようにも思えた。外に出てみると、満月が煌々と輝いていた。

月の光に魅せられ、マンションの敷地内を歩いた。車が重なり合うように停まっている。古くて小さなこのマンションは、駐車できる場所がまるで足りなかった。去年は、駐車をめぐる言い争いが刃傷沙汰に発展し、死人まで出た。そのときニュース番組のインタビューを受けていた警備員は、酒に酔って警備室に小便をかけた住民にあらんかぎりの悪態をつき、辞めていった。広場に行くと、キックボードはまだそこにあった。ミンジ、あなたは何歳なの？　私はキックボードを見ながらつぶやいた。動かしてもいないのに、タイヤが一瞬光った。まるで何かのサインのように思えた。だから、キックボードを盗んだ。私を連れてって、そう言われているような気がした。

キックボードは一二五棟の横にある自転車置き場に隠しておいた。そこが、広場から一番離れた棟だった。キックボードを自転車置き場に置いてみると、盗んだという
より一時的に預かっただけに思えて、ミンジという子への申し訳なさも感じなかっ

○○七

た。翌日、洞事務所内の文化センターに行く道すがら、わざと一二五棟の前を通ってみた。誰かがキックボードの横に三輪車を置いていた。

手品を習っている。火曜日と木曜日だ。シニアのための手品教室なので、教えてくれるのはコインを移動させたり、カードを当てたりするような簡単なものだ。その日は、金魚をつも、授業が始まる前に有名な手品の動画をひとつ見せてくれる。先生はい

飲み込んだあとで吐き出す手品を見た。講座が終わると、年齢の近い受講生たちと一緒に、洞事務所の隣にある五千ウォンポッキリの韓国料理バイキングの店でランチを食べた。食べながら、三度の食事をちゃんと作って食べるなんて、もううんざりよねと皆で話した。夕食は、夫がサムギョプサルを食べようと言うので豚肉を焼いた。夫は普段、九時には寝床に入るのに、その日は遅くまでプロ野球の試合を見ていた。九回裏で同点になり、ゲームは延長戦に突入した。夫にどちらのチームを応援しているのか聞いた。夫はどっちも応援していない、と答えた。十回の表、満塁のチャンスを逃した。間抜けどもめ。夫が言った。不意に、胸がつかえた。さっきのサムギョプサルで胸やけを起こしたみたいだ。十一回裏にサヨナラヒットが出て、試合は終わった。夫が寝室に休みに行くと、私は一人ソファーに座って色々なテレ

十時五十分だった。

ビ番組を見た。つまらなくなるとテレビを消し、画面に映る自分を見た。十二時になるとすぐ、家の外に出た。そして、キックボードを押してマンションの外壁に沿って設けられた自転車道に向かった。このマンションに引っ越してきた当初は、毎朝この自転車道を三、四周歩いていた。ひざの痛みを和らげるために運動するんだと夫には言っていたけれど、実は夫と一緒に朝食をとるのが嫌だったからだ。私はキックボードに乗って自転車道を二周した。最初は慣れないのでゆっくり一周したが、二周目は少しスピードを上げた。げっぷが出てスッキリし、胸やけがおさまった。その翌日は、夫と一緒に登山同好会の幹事のお葬式に行った。連絡がつかず家を訪ねてみたらトイレで倒れていたと、幹事の息子は話した。夫は焼酎を飲み、食べていたユッケジャン*7を服にこぼした。タクシーで帰宅する途中、夫が言った。惜しいな、本当に良い人だったのに、と。私は返事をしなかった。幹事が同好会の資金から百万ウォンをこっそり使い込んだのがばれて、会員たちとつかみ合いの喧嘩になったことを夫は忘れて

*6 【洞事務所】市・区の下位にある区画「洞」の行政サービスを行う役所
*7 【ユッケジャン】牛肉と野菜を煮込んだ辛みのある赤いスープ。葬儀で弔問客への接待料理としてよくふるまわれる

いるようだった。その日の夜、キックボードに乗って自転車道を三周した。二周目には、歌をうたった。貝殻をつないで彼女の首にかけ……。うたいながら、今が秋じゃなくて夏だったらいいなと思った。「秋の夜はただ更けゆくだけで眠れない」と歌詞を替えてうたった。うたってみると、くすりと笑えた。誰かに見られたら変な女だと思われるだろう。木曜日は風邪気味だったので手品教室を休んだ。キムチ雑炊を炊いて食べ、ずっと昼寝をしていた。それでも、キックボードに乗る日課は休まなかった。マフラーを巻き、生姜茶を魔法瓶に入れた。自転車道を一周したあと、正門前のバス停に座って生姜茶を飲んだ。金曜日には雨が降った。夕食を食べながらテレビを見ていると、いかれた奴らめ、と夫が言った。コメディアン数人が顔に滑稽なメイクをしてゲームをしていた。汚い言葉遣いをする夫を見て、私は思った。あの人、なんであんなふうになったのかしら。雨は降りやまず、私は深夜に冷蔵庫の整理をした。片付けながら、好きだった夫の姿を思い出そうと努めた。焼き芋を抱えてきてくれた、あ る冬の夜。そんな日々がなかったわけじゃないのに、どうしても、バカ野郎、クソ女などと罵る姿ばかりが浮かんだ。三年前に漬けたニンニクの醤油漬けを捨てた。俺が

風邪をひかないのは、毎日ニンニクを五かけずつ食べてるからだ。夫はニンニクの醤

油漬けを食べるたびに、同じことを何度も言った。土曜日は、一時間もキックボードに乗っていた。途中で疲れると、バス停に座って休んだ。今度は「リンリン」という歌詞で始まる童謡をうたった。「もたもたしてると大変なことになるよ」という最後の歌詞が気に入って、同じフレーズを何度もうたった。そのうち、夫への憎しみが少し消えていくような気がした。いつからか、夫の死をのぞむような気持ちがわくようになった。ふつふつと。そんなことを思うと胸が痛んだけれど、だからといってその気持ちは抑えられるものではなかった。今日の夕方、夫と口喧嘩をした。便器の水を流していないと小言を言ったところ、夫が説教もいい加減にしろと大声を出したのだ。私はきれいに歳をとりたかった。時折、昔の家が恋しくなった。あの家にはトイレがふたつあったから。便器に漂白剤をボトル半分もぶちこんだ。乗り慣れてきたせいか、キックボードで遠くまで行ってみたくなった。数日前から入居が始まった大型マンションのほうまで行ってみた。新しいマンションだからか、敷地内のあちこちに散歩道があった。キックボードに乗るのにもちょうどいい。だから、スピードを上げてみた。下り坂でもブレーキをかけなかった。転ぶ瞬間、キックボードのハンドルになぜカメのシールが貼ってあるのかが分かった。カメのようにゆっくりと。そう、それは

2

目を閉じ、そして開く。チクタク。チクタク。光は地球を七周回ったはずだ。また目を閉じて開く。チクタク。それは娘が幼いころ、私に教えてくれたことだった。母さん、まばたきを一回する間に、光は地球を七周も回るんだって。何か思うようにいかないとき、娘は目をぎゅっと閉じて開いた。まばたきをする時間。その一瞬に光は地球を何周もするのだと思うと、自分の悩みなどちっぽけに感じるのだと娘は話した。私は首だけ動かしてマンションを見上げた。灯りのともった部屋がひとつ見えた。あの灯りのともった部屋にどんな人が住んでいるのか想像してみた。初めてマイホームを構えた人だったらいいな、と思った。今日、引っ越してきたはず。気持ちが舞い上がって、まだ電気を消せないのだろう。初めてマイホームを持ったとき、私は娘と一緒にリビングに布団を敷いて寝た。母さん、広すぎて眠れないよ。娘が言った。いつか大人になったら、もっと大きくてもっと広いところで暮らしなさい。私の言葉どおり、娘は

アメリカに留学し、そこに定着した。背筋が冷えてくる。家に帰って温かいお風呂につからないと。ひどい風邪をひかないうちに。私は年に一、二度、ひどく体調を崩して寝込むのだけれど、そのたびにいつも同じ夢を見た。夢の中で、幼い私はひたすら走り続けている。口を開け、あーあーあー、と叫びながら。やがて、小川にかけられた橋に到着すると、私は駆け足をやめてつま先立ちで橋を渡る。そうーっと。まるで今にも崩れ落ちそうな橋を渡るかのように。橋を渡るとまた駆けだす。そうやってずいぶん長いこと走ったあと、私は何かおかしいと気がつく。裸足だ。靴が脱げたことにも気づかず走ってきたのだ。来た道を戻ってみるが、靴は見つからない。その事実に、幼い私は泣いている。新しい靴をなくして、足の裏が痛くて。母が服の袖で私の頬を拭いながら言う。大丈夫、大丈夫よ。そして口に氷をほおりこんでくれる。つららじゃない、本物の氷だ。夏に氷が食べられるなんて。そう思っているうちに目が覚めると、服は冷や汗で湿っているのだった。そんなときはきまって、ひどい風邪をひいた。幼いころに思いを馳せるといつも、母がトゥンモク[*8]をさせてくれた場面が

*8【トゥンモク】上半身だけ裸になり、四つんばいで背中だけ水浴びをすること

〇一三

真っ先に浮かぶ。間借りしていた家の裏庭には井戸があり、真夏になると私はそこでよくトゥンモクをした。大家のおばさんが五日場オイルチャン*9に行ったついでに髪留めを買ってきてくれたことがあったのだけれど、その家の息子は私からそれを取り上げて井戸に捨ててしまった。そのことがあってから、トゥンモクはしなくなった。マンボクのやつめ。髪留めのことを思い出すたび、私は井戸に顔を突っ込んで大声で叫んだ。「萬マン」ある「福ボク」と書いてマンボク。この名前を息子につけてから夫の仕事が上手くいきだした、だからあなたも意味のある名前をつけなきゃいけないわよと、大家のおばさんは妊娠中の母に言った。うちの上の娘もですよ。お金を出してつけてもらった名前なんです。そうは言ったものの、実のところ母は、父が姓名判断でつけてもらった名前を気に入ってはいなかった。だから、次の娘はかわいい名前にしようと心に決めていた。母は、映画俳優の名前からとって妹を「ジミ」と名付けた。出生届を出しに行く途中、父は二軒ほどの飲み屋に寄り、例のごとくろれつが回らない状態で洞事務所に着いた。そして、「ジミン」だと伝えた。父は読み書きができなかったが、誰もその事実を知らなかった。いつも酒に酔っていたからだ。どんな漢字ですかと職員が尋ねると、父は適当に書いてくれと言った。「智恵」の「智ジ」に、「敏捷」の「敏ミン」。「智」

は洞事務所職員の姉の名前から、「敏」は隣の席の同僚の名前からとった。名前どおり、しっかり生きているだろう。　私は自分の名前を聞かれて「ジミン」だと嘘をついたことがある。列車で出会った大学生に。当時私は十七歳で、家を出てラジオの組み立て工場に勤めていた。手が白くて指の長い青年だった。あんなにきれいな手をした男性に会ったのは生まれて初めてだった。だから、ジミンだと嘘をついた。ひとつ嘘をついてしまうと、あとの話も嘘ばかりになった。来年大学に入学したらソウルで下宿するつもりだ、女子大は退屈そうだけど女子大じゃなきゃ学費を出さないと親が言っているから仕方ない、と。それ以来、私は男の人に名前を聞かれるといつもジミンと名乗った。それなのに、なぜ夫には本名を言いたくなったのだろう。おそらく、曲がった親指のせいだ。　夫の左手の親指は、くの字型に曲がっていた。つぶれて歪んだ指の爪も、工場の機械で怪我をしたのだと思っていた。明日は何してるのと尋ねる夫に、私は無意識にこう答えていた。明日は忙しいの。明後日ならどう？　私はドクソンよ、と。指にだまされた。あとで知ったのだけれど、あれは幼いころに大人の目

〇一五

を盗んで耕耘機を動かして怪我した痕だった。

　身体が震えた。　右足を持ち上げようとしたが、できなかった。　左足も同じだった。肘を地面について上体を起こそうとした瞬間、思わずうめき声が出た。背骨からお尻にかけて鋭い痛みが走った。　私はゆっくりと深呼吸をした。　幸い、手は動かすことができる。　とはいえ、携帯電話も持たずに出てきたので、何の意味もなかった。木と木の間に半月がかかっている。　私は満月より半月のほうが好きだった。　娘も半月が好きだった。　一か月に二度も見ることができるから、と娘は言った。　月を眺めていると、月見草が思い出された。　義父のお見舞いに行って終電に間に合わず、娘をおぶったまま歩いて帰宅したあの日、月見草がひときわ輝いていた。　もうすぐ義父が亡くなるのだという事実すら忘れるほどに。　ままごとが好きだった娘はよく、つんだ月見草をご飯に見立てて遊んだものだった。　娘と一緒に、月見草を天ぷらにしたこともある。　夏休みの宿題だった。　お母さんと料理をするという宿題。　アカシアの花も揚げた。　娘は中学生のころ、病気の母親のために花を揚げて誕生日のごちそうを準備する子どものお話を書き、作文の賞をとった。　あのころから賢い子だった。　人は私たち夫婦を嘲笑

〇一六

したけれど、家を売ってでも留学させる価値のある娘だった。夫は娘が小学校に入学すると、勤めていた工場を辞めて紙物舗 *10 を構えた。壁紙を貼る技術を学んで、私も自然と仕事を手伝うようになった。忙しい時代だった。壁紙を床に敷いて座り、コチュジャンをご飯にのせ、混ぜて食べていたころ。あのころは本当に、何を食べても美味しかった。店を構えて五年で、初めてのマイホームを持った。そしてその家を、夫の弟がたったの一年でふいにした。もう一度マイホームを持つのに四年かかった。その間に娘は高校生になり、勉強部屋の内装をきれいにしてやると、学年一位の成績をとってきた。私はというと、壁紙を貼っているときに二度も脚立から落ちた。一度は腕を骨折し、二度目はひざのじん帯を痛めた。コートのポケットに手を入れてみた。ハンカチがあると思ったのに、ハンカチはなかった。その代わり、ガムがひとつ入っていた。ガムを噛もうとしてやめた。横になったままガムを噛み、ガムが気管に入って死んだ人が地球上に一人ぐらいはいそうな気がした。私はそんな荒唐無稽な死に方をした人の話をたくさん知っていた。二十代前半に少しだけ洋装店で働いていたこと

*10【紙物舗】壁紙やフロアマットのようなインテリア資材を販売・施工する店

〇一七

があったのだが、そこの店主のおじさんは、飼い犬に餌をやるときに犬小屋の屋根から飛び出ていた釘が身体に突き刺さって死んだ。蜂の巣に石を投げつけたせいで死んだ人もいれば、便秘が原因で死んだ人もいた。なんて世の中かしら！　中学生のころ、娘はそんな内容のノートを持っていた。そこには、実際に起こったありえない話が書かれていた。葬式の最中に死んだはずの母親がむくりと起き上がって棺桶の蓋を開け、あまりに驚いた娘が心臓麻痺で死んだという話もそのノートで読んだ。自分のせいで娘が死んだと知ったら、また死にたくならないだろうか？　それでも生き返ったことに感謝するだろうか？　その話を思い出すたび、涙が出た。生きることも死ぬこともできないだろうから。古い壁紙をはがし、セメントがむきだしになった部屋に立っていると、まるで棺桶の中に閉じ込められているような気がした。部屋がどんなに大きくても、そう感じた。インテリア業者の勢いに押されて商売が傾きだすと、夫は店を畳んで警備の仕事を始めた。私は娘にそのことを黙っていた。娘は、掃除が面倒だから狭い家に引っ越したという私の言葉を信じた。くしゃみが出た。くしゃみをした勢いで、首からふくらはぎまで痛みが走った。くしゃみをして死んだ人もいるだろう。私はくしゃみで死んだ人を見たことはなかったけれど、くしゃみをして肋骨に

ひびが入った人は見たことがあった。夫がそうだったから。それでも夫は仕事を休まなかった。建設中の建物で夜間警備の仕事をしているときのことだった。肋骨にひびが入っていた夫は夜中の見回りを怠った。本当は二時間に一回、巡回する義務があった。たまに家出した十代の子たちがこっそり忍び込んで酒を飲んでいることがあるからだ。そんなある日、工事現場で女子学生が飛び降り自殺をした。夜中にそこで同年代の男子学生らから野蛮な暴行を受けたのだ。調査の結果、夫が巡回をしていないのに嘘の業務日誌を書いていたことが発覚した。夫は納得できない、と悔しがった。きちんと巡回していたとしても発見できない場所だったと。巡回するときも屋上までは上がらないんだと。警察の調査を受けたとき、夫はその話を何度もした。夫は解雇された。その事件があってから、夫はどこか少し変わってしまった。一日中ニュースを見ては、バカ野郎、クソ女などと暴言を吐いた。詐欺師もバカ野郎で、生涯貯めてた財産を寄付した人もバカ野郎だそうだ。私は夫に内緒で、その女子学生の遺骨が安置されている納骨堂まで行った。悔しいだなんて。夫の言葉が理解できなかった。夫の代わりにその子に謝った。私は首を左側に本当に悔しい思いをした人は他にいる。夫の代わりにその子に謝った。私は首を左側に向け、もう一度マンションを見上げた。まだ灯りがともっている。九九をそらんじて

みる。意識が途切れないように。八の段までいったところで、灯りが消えた。

　夫がいなくなればいいのにと思う日には、丹精込めて夕飯の支度をした。夫は豚の背骨を入れて煮込んだおからのチゲが好物だった。タラのチゲも好きで、白子や卵の入ったものを喜んで食べたので、材料を買いにわざわざ魚市場まで行くこともあった。そんな料理をした日には、夫は食卓につくと、今日は誕生日みたいだなと言ったりした。夫が還暦になる誕生日には、娘も帰国した。博士課程に進む準備をしていると話していた。学位が取れたら三人でアメリカを旅行しようねと娘が言った。私の還暦には、娘は来なかった。その代わり、プレゼントだといってハンドバッグを送ってきた。夫の古希には祝い金を送ってきた。良い所に就職したよ、だから心配せずに美味しいものでも食べてね、と。来年の私の古希には帰ってくるだろうか。娘が帰国したら済州島（ジュド）にでも行こう。思えば家族旅行なんて一度も行ったことがなかった。腕を伸ばして周囲をさぐってみる。手に触れるのは落ち葉だけだ。落ち葉を集めてお腹の上にのせてみた。そんなことをしても何の意味もないと知りながら。すみません、と灯りの消えたマンションのほうに向かって叫んでみた。ドラマなんかを見ていると、誰か助

〇二〇

けてと叫ぶシーンが当たり前のように出てくるけれど、どうしてもそんな言葉は出てこなかった。すみません、誰かいませんか。もう少し大きな声で呼んでみる。風が吹き、一枚の落ち葉が顔の上に落ちた。砂糖と粉末ミルクのたっぷり入ったコーヒーが飲みたくなった。コーヒーを飲まなくなって数年経っている。尿意を我慢できなくなって、コーヒーはやめた。人は認知症が怖いと言うけれど、私は失禁が何より怖かった。自分を忘れていくのは構わない。けれど、尿のついた下着を洗うというのは別問題だった。あの男の人も、歳を取ったはず。奥さんのためにロケットと宇宙船の柄が入った壁紙を選んだあの人。男性がそんな壁紙を選ぶものだから、男の子のいる家なのかと私は思った。けれど車椅子に乗った奥さんを見て、そうじゃないことに気がついた。それは歩けない妻へのプレゼントだった。地球では歩けないけど、宇宙ではそんなのちっとも関係ないからね、と彼は妻に言った。ご主人、本当に思いやり深いかたですね。施工を終えて、私は奥さんに言った。情が深すぎるのも困りものなん

＊11【時調】高麗王朝末期に成立したとされる定型詩の一種。引用部は李兆年（イジョニョン）の時調（タジョンガ）「多情歌（タジョンガ）」の一節で、梨の花を白く照らす月夜に感情があふれて眠れないさまが詠まれている

〇二一

ですよ、と彼女は答えた。帰り道、「多情多感も困った性で夜も眠れぬ」と時調 *11 を小さくつぶやいてみた。その一節を何度もつぶやくうち、心が温まってくるような気がした。

当時、私はひどい不眠症を抱えていた。夫が冷凍倉庫業を営む弟の保証人になり、そのせいで初めて購入したマイホームを手放すことになったからだった。多情多感も困った性で夜も眠れぬ。寝る前にその一節をつぶやくと、嘘のように不眠症が解消した。私はその男性に片想いをした。近くで施工依頼が入ったときは、わざわざその夫婦が住む家を見に行った。マンションの一階なので、外から居間の様子が見えた。彼が奥さんに水を渡してあげているのが見えた。奥さんがテレビを見て笑うと、彼も一緒になって笑った。一度、施工後の状態を確認したいと言って玄関のベルを鳴らしたこともある。糊が不良品だったのか、最近施工した家はどこも壁紙が浮いてきていると聞いて確認しに来たと嘘をついた。部屋に入ると、ベッドの頭側の壁に結婚写真がかかっていた。私は壁をなでて確認するふりをし、写真のフレームに触れた。フレームが傾いた。その家を見に行きたくなるたび、私は年老いて排尿も思うようにできなくなった彼の姿を想像した。そうすると、気持ちが落ち着いた。二人はその家で三年暮らした。三年後、私はそこの壁紙を貼り替えに行った。その家を買った中年の

〇二二

夫婦は、彼の奥さんが出産中に亡くなったこと、それで彼が急いで家を売りに出した
ことを教えてくれた。私はロケットと宇宙船が描かれた壁紙をはがし、花柄の壁紙を
貼った。鼻水が出てくる。私は服の袖を引っ張って鼻をかんだ。そしてもう一度、す
みません、と叫んだ。

　母は私を一人で産んだ。父は建設現場のある地方を渡り歩いていて、私が生まれた
ときはダムの工事現場で土木作業員として働いていた。娘が生まれたという電報は、
郵便局員が父に読み聞かせてくれ、一緒に働いていた作業員らも拍手してくれたそう
だ。ダムの工事は三年以上も続いた。父はその仕事さえ終われば、それまで貯めた金
で建設現場に作業員向けの食堂を出すつもりだった。妻は料理上手なんだと周囲に自
慢したりもしていた。ところが、積んであった石が崩れて左脚が下敷きになる事故に
遭い、脚が不自由になった。昔はとっても良い人だったのに。母は酒に酔った父から
逃げて大家さんの家の納屋に隠れるたび、私を胸に抱きしめ、そんなふうに言った。
戦禍で孤児となり女中奉公をしていた母に、父はこんな約束をした。いつか女中を雇
えるようにしてやる。子どもの世話をする人、炊事をする人、洗濯をする人、それぞ

〇二三

れ雇ってやる、と。父は歌がうまかった。どこか寂しげな声をしていたので、楽しい歌でも悲しく聞こえた。妹はそんなところが父に似ていた。幼いころ、妹は村の祝宴で歌をうたい、ご褒美に大きなゴムたらいをもらってきた。冬にはそのたらいにあったかいお湯を入れてお風呂にした。妹が先につかり、そのあとに私、最後に母が入った。入浴を終えると、いつも三人で焼き芋を食べた。風呂に入っている間にちょうどいい塩梅に火がとおった焼き芋を。どこからか、犬の吠える声が聞こえてくる。その鳴き声に、うれしくなった。いいぞ、いいぞ、もっと鳴け。何時ぐらいになったのだろう。夫は夜中にトイレに行く癖がある。今ごろ私がいなくなったことに気づいただろうか。夫と初デートをした日、私たちは喫茶店で小豆粥を食べた。雪の降る日に食べたらもっと美味しかったでしょうね。私が言うと、夫はそうしようと言った。雪が降ったらまた来よう、と。そう言って夫は、狭い家ひとつ用意する金もない男が付き合おうと言ってすまないと言った。小豆粥で身体が温まったせいか、気づけば私は自分が孤児だと夫に話していた。母と妹とはずいぶん前に縁が切れていたから、全くの嘘ではなかった。母は私に言った。二度と訪ねてくるな、と。もし私がやっていなけりゃ、母さんがやってたんじゃないの。その言葉が喉まで出かかったが、言わなかっ

〇二四

た。母さんが酒に薬を入れるのを見た、とは言わなかった。母は薬を入れた酒瓶を握りしめて泣いていた。

母さん、お腹が痛いよ。母さん、お腹がすいた。私は泣いている母の隣でわざと泣きかけた。母さん、お腹が痛いよ。私は泣いている母の隣でわざと泣いた。その一件が引き金だった。父が高校に通わせてくれなかったから恨みを抱いたわけじゃない。母さんが戸棚の奥に隠した薬を捨てなかったから、もううんざりだと毎日のように言っていたから、だからやったのだということを母は知らない。私が孤児だと言ったとき、夫は私の手を握って言った。うちは大家族なんだ。その半分を分けてあげるよ。そんな言葉に感動するなんて。もう一度あのころに戻れるなら、私の手を取ってこう言ってくれる人を、私は選ぶだろう。これまで本当に寂しかっただろうね。もう心配しなくていいよ、と。父は井戸に落ちて死んだ。村の人たちはそう思っているだろう。大家のおばさんは、父が酒に酔うといつも井戸の水を汲んで飲んでいた、フラフラしていて危ないと思った瞬間が何度もあったと警察に証言してくれた。娘が生まれたあと、娘をおぶって大家さんの家を訪ねたことがあった。昔の家は姿を消し、その場所に二階建ての家が建っていた。門の前で一人の男が煙草を吸っていた。マンボクに似ている気がした。福の多い人生を送りな。私はつぶやいた。母はカルト宗教にはまり、妹

〇二五

を連れて姿を消した。とある山奥で信徒たちと共同生活を送っているという噂を聞き
つけ訪ねていった私に、母は言った。ひどい娘だと。私はその言葉が悔しかった。私
は涙もろい少女だった。もみじの葉を本のしおりにするような少女だった。詩をそら
んじるのが好きな少女だった。雨粒が額に落ちた。雨に打たれていると、笑えてきた。
まったく、とんだざまだわ。こうなったら雨なんてやまなきゃいいのに、と思った。

3

私を見つけてくれた青年は、読書室*12で勉強したあと家に帰る途中だったそうだ。そ
の日は徹夜をするつもりが、雨の音が聞こえ、その音をじっと聞いているうちに別れ
た恋人を思い出したとか。五年の交際期間中に一度も喧嘩をしたことがなく、友人ら
からは非現実的なカップルだとからかわれていたらしい。でも、喧嘩しなくても別れ
ることってあるんですね。青年は私に言った。そりゃ、そうよ。愛してなくても一生
一緒に暮らす人たちも多いのよ。私はそう答えた。青年はジャンパーを脱ぎ、私の身
体にかけてくれた。そして顔に雨がかからないよう、手のひらを傘のようにかざして

〇二六

くれた。すみません、傘がなくて。普段、青年は読書室で徹夜をして朝七時ぐらいに帰宅する。すると、高校三年生の弟があわてて朝食を食べている。母親はすでに出勤したあとだ。弟が学校に行くと、残ったおかずでご飯を食べる。そして皿洗いをし、掃除機をかけ、弟のベッドに横になって寝る。そんな生活が三年以上続いていた。雨音を聞き、衝動的にかばんを抱えて読書室を出た青年は、ジャンパーのフードを被り、歩いた。今、家に帰ったら弟を起こしてしまう気がした。青年は弟のことが好きだったが、もし弟がいなかったら一人で部屋が使えたのにと思うことがたまにあった。そんな事情で、青年は家に帰らずこのマンションに来た。敷地内に作られた散歩道の先に、屋根のついた東屋があったのを思い出して。数日前、青年は読書室に行く途中、横断歩道の前で引っ越しのトラックを見た。一台ではなく五台も並んでいた。トラックが五台も必要だなんてどんな家なのかと気になってついていくと、マンションの正門に、入居をお祝いしますと書かれた横断幕がかかっていた。マンションの正門に、入居をお祝いしますと書かれた横断幕がかかっていた。それを見てやっと、五台のトラックが全て別の家の荷物だということに気がついた。

た。青年は、トラックから荷物が降ろされるのを見物した。リフトに載った荷物が新しい家に運び上げられるのを見ているうち、どうしたことか涙が出てきたらしい。一〇一棟の一六〇一号室、あの家の荷物にはピアノがあったんだ。ピアノを見て、幼いころピアノ教室に通っていた妹を思い出しました。交通事故で死んだんです。ひき逃げでした。私は右手を出し、青年の手を握った。その手は冷たかった。つらかっただろうね。私は言った。さぁ、どうかな……。ただ、あれ以来、何かが消えてしまったんです。社会的に成功したい気持ち、まぁそんなものがです。みんなには国家試験の勉強をしてるって嘘をついてるけど、本当は何もしてないんです。青年は言った。

私は、それでもいいのよと言ってやりたかった。じっとしているのだって十分つらいんだから、と。娘が小学生のころだった。仕事を終えて家に帰ると、娘が部屋の隅っこにうずくまって泣いていた。どうしたのと尋ねたら、誰も「テン」をしてくれなかったと言う。「オルムテン*13」という遊びをしていたのだけれど、誰も自分に「テン」と言ってタッチしてくれなかったと。だから、一人でいつまでも氷のように固まっていたのだと。それ以来、私は娘とオルムテンをよくやった。朝、娘を起こすときにも「オルム」と叫ぶと私が「テン」と言って娘の額にげんこつで軽くタッ

〇二八

チをした。昔ね、脚立から落ちて腕を骨折したことがあった。そのとき、娘が私にこう言った。母さん、「オルム」って叫んで、と。私はそのとおりにした。ところが、三十分経っても、一時間経っても娘は「テン」と言ってくれなかった。娘の「テン」を待ちながら、私は一日中ソファーに座っていた。夕刻になってやっと、娘は私の手を握って「テン」と言ってくれた。私はようやくトイレに行き、用を足してすっきりした。そして考えた。そうか、たまには氷になる必要があるんだなと。私は青年に、今は鬼に捕まらないように氷になっているのよ、と言った。そんなに心配しないでいいの。そのうち誰かが「テン」と言ってくれるから、と。オルムテンってそういう遊びなのよ。誰かが「テン」と言ってくれて初めて家に帰れるものなのよ、と。すると青年は笑った。ふふふ。そんなふうに笑った。もう少しで救急隊が到着しますよ。そしたら僕が「テン」ってしてあげます。青年はそう言った。手品でテクニックよりずっと大事なのはユーモ

教室の初日、先生はこう言っていた。手品でテクニックよりずっと大事なのはユーモ

〇二九

アだと。そのときは、その言葉がピンと来なかった。けれど、今は少し分かるような気がする。雨がおさまってきた。青年は今日、一一三棟三〇三号室の引っ越しの荷物を見たそうだ。あの日以来、青年は読書室に行く前にここに寄っては引っ越しの様子を見物するようになった。三〇三号室は食卓の椅子が六つだった。冷蔵庫も三台あった。一〇九棟の一〇〇四号室は靴が極端に多かった。引っ越し業者が話していたのを聞いた。こんなに靴の多い家は初めてだと。一一一棟の二〇〇三号室は植木鉢が多かった。どれも大きな植木鉢だった。ベランダだけでなく、リビングまで埋めつくしそうなほどだった。最上階だから、屋上を使えるのかな？ 青年はそんな疑問も抱いた。ところでね、何とも不思議な家があったんですよ。せっかく運んできた荷物をみんな捨ててるんです。タンスも、ソファーも、食卓もですよ。最初は、ここからどこかに引っ越していくのかと思いました。その家だけ、荷物が部屋から降りてきたから。気になるところが、業者の人がその荷物をごみ捨て場の前に積み上げてるんですよ。これ、何ですかって。そしたら、捨てるそうだよ、って。新居に合わないから、って。引っ越しのトラックが去ったあと、青年はその食卓から行って聞いてみました。食卓の中央部に、鍋の熱でできた輪染みがあった。それを手のひ椅子に座ってみた。

らでなでてみた。ずいぶん長い間そうしていたあと、青年はチャジャンミョンの出前を一皿頼んだ。正気を疑いますよね。でも僕、あそこでチャジャンミョンを食べてみたくなったんです。私は目を閉じてその場面を想像してみた。警備の人が見たら、こう叫んでいただろう。あんた頭がおかしいのか、と。遠くからサイレンの音が聞こえる。犬の鳴き声もまた聞こえてきた。うちの母さんはね。私は青年に言った。本当におかしくなっちゃったの。宗教にのめりこんで娘まで捨てたんだから。二度と訪ねてくるなと母に言われたとき、私はこう言い返した。いかれた人間よりは、ひどい人間のほうがまだましよ。だから私は幸せに生きるわ、と。サイレンの音はもう、すぐ近くから聞こえている。私は青年に、ピンク色のキックボードを拾ってきてくれるよう頼んだ。青年がキックボードを持ってきた。ピカッ、ピカッ。幸いなことに、故障はしていないようだった。チャン・ミンジ。青年はキックボードに書かれた名前を読みあげ、孫なのかと聞いた。私はそうだと答えた。青年は彼に頼みごとをした。孫が驚かないように、そのキックボードをもとの場所に戻してき

＊14【チャジャンミョン】中華料理のジャージャー麺を韓国風にアレンジしたもの

＊14

○三一

てほしい、と。中央広場のブランコの横に置けばいいからと。青年はそうすると約束した。うちのマンションがどこかを伝えると、青年は自分もそこに住んでいると言って喜んでくれた。私は彼に、今度マンションで会ったらビールでも一杯おごってあげるわと約束した。青年が言った。どうせならフライドチキンもついでにおごってください。私は分かったとうなずいた。救急隊員が駆け寄ってきた。すると、青年が私の手を握って言った。さあ、「テン」ですよ。だから私も彼に言った。あなたも「テン」よ。ほら、もうおうちにお帰り。

訳者解説

本作は、娘が巣立ったあと夫と二人で暮らす初老の女性がキックボードに乗って転倒した「ある夜」の出来事を軸に、現在や過去のエピソードを重ね合わせながら一人の女性の人生とその心の機微を描いた作品である。二〇一八年に季刊誌『文学トンネ』冬号に掲載され、二〇一九年に金承鈺（キムスンオク）文学賞を受賞した。

語り手の「私」は、広場で見かけたピンク色のキックボードになぜか心惹かれ、それを盗んでしまう。そのキックボードに乗って気晴らしをしていたある夜、スピードを上げすぎて転び、動けなくなった「私」は、真夜中の道端に一人倒れたまま、幼少期の思い出や夫と出会ったころ、必死に働いて娘を育てていた時代のことを回想していく。家族を思い、懸命に生きてきた「私」が今直面している鬱々とした気持ちの正体は何なのか。通りがかった青年に助けられ、

〇三四

彼と話すうち、彼の中にも同じような感情を見た「私」は、今を生きるのに必要なヒントに気づいていく。

「私」が回想する過去のエピソードは、現在のストーリーと交差しながら語られていく。入り組んだ構成にも関わらず、読み進めるうちに自然と主人公の人物像が立体的に浮かび上がってくるから不思議だ。著者のユン・ソンヒは、日常の細部をシンプルな文体で生き生きと描き出すことで定評のある作家だが、本作でも過剰な説明は排除し、さらりと鮮やかに描写した情景を通して主人公の心理を読む者にじかに感じ取らせている。

印象的なのは、初老の女性がピンク色の盗んだキックボードで転倒するというユニークな設定だが、ここで浮き彫りになっているのは「女性」の生きづらさ、貧困や暴力、不慮の災難、夫婦間の溝、老いへの不安といった切実な問題である。こうした重いテーマを内包する物語でありながらもテンポよく読み進められるのは、著者特有の淡々とした文体やユーモアのある視点、エピソードの配置の妙によるものだろう。金承鈺文学賞の審査委員会はこの作品を「端正で美しい象形文字」にたとえ、「長い時間の感情がその中に凝縮されているが、心を尽く

してじっくりとその文字を手繰りよせる準備ができている人にだけ、全てが伝わる」小説だと評している。

ユン・ソンヒは一九七三年、京畿道水原市に生まれた。清州大学哲学科に進学するも、好きだった文学への思いが高まり、卒業後に改めてソウル芸術大学文芸創作学科に入学する。小説は授業の課題で初めて書いてみたが、徹夜で書くほど夢中になったそうだ。卒業後の一九九九年、初挑戦した東亜日報の新春文芸で「レゴで作った家」が短編小説部門に選ばれ、文壇デビューを果たす。以来、約二十年間で五つの短編集と三つの長編小説を発表し、現代文学賞、今年の芸術賞文学部門優秀賞、梨樹文学賞、黄順元文学賞、李考石文学賞、韓国日報文学賞など数々の文学賞を受賞している。

デビュー作「レゴで作った家」は、知的障害のある兄と手脚が不自由になった父を扶養する若い女性の過酷な日常と抑圧された感情を描いた作品だ。審査評には、希望のない日常を繊細な筆致で無駄なく描き、感傷に浸ることなく最後まで丁寧に内面を描き出した点が高く評価された旨が記されている。主人公がコピー

機で自分の手や顔を印刷し、その紙を燃やすシーンは読者の視覚的な想像力を刺激し、彼女の日常に漂う閉塞感をリアルに伝えた。文学評論家のファン・ジョンヨンは、「可視的なもの」の細部を鏡のように映し出す描写で「不可視的なもの」を間接的に表現する手法に注目し、著者をカメラテクノロジーの影響を受けた「ポラロイド世代の作家」だと評した。

デビュー作以降も、ユン・ソンヒは何らかの痛みや欠乏を抱えた孤独な人々に焦点を当て、その日常を描いていく。正規の職に就けず、懸賞品を当てて生活する女性を描いた「握手」や、幼いころに捨てられた孤児が主人公の「この部屋に住んでいた女は誰だったのか？」、家族を失った二人の男が互いの家を交換する「階段」など、初の短編集『レゴで作った家』（二〇〇一年）に収録された他の短編も同様だ。だが、これらの作品がデビュー作と異なるのは、主人公が他者の中に自分と同質のものを見つけ、一種の連帯感を得るシーンが描かれた点である。

二冊目の短編集『そこにいるのは、あなた？』（二〇〇四年）からはその傾向がさらに強まり、ユーモアの要素も加味された。こうした変化について著者は、息が詰まるようなシーンばかりだったデビュー作への反省からだと語っている。

デビュー作については、十二人の作家によるエッセイ集『小説家として生きるということ』（二〇一一年）でも、初の短編集に入れたくなくてごねたことが明かされている。賞をとるために書いたような型にはまった小説だったと著者自ら振り返り、主人公を無理に傷つけようとしたこと、ラストを考えながら最初のページを書いたことを悔いている。同書の中でもうひとつ興味深かったのは、デビュー作執筆時に彼女が「傷つき、凝視し、夢見る」という言葉を大切にしていたという話だ。これは崔勝子の詩集『この時代の愛』に綴られた言葉で、詩人は傷をじっと見つめてこそ想像力を発揮して詩を書き、夢を描くことが可能で、厳しい現実は変えられずとも誰かが泣きたいときに一緒に涙できるのが詩なのだという文脈で記されている。著者が傷ついた孤独な人々を描き続ける理由が垣間見えるエピソードだ。

ところで、著者の小説は現代社会の周辺部で生きる個人の絶望的な孤独をリアルに描いているが、そこに政治色やメロドラマ的要素、ナルシシズム的な自己憐憫などは見られない。評論家キム・ヨンチャンは彼女の小説について、現実を「何らかの観念的なナラティブで彩色したり、安易に美化したりしない」ところ

にその個性と良さがあると評価する。

本作も、父の暴力に怯える母や、中学卒業後に工場で働かざるをえなかった「私」の現実を描いてはいるが、社会批判を突きつけるフェミニズム小説とはやや趣を異にしている。「私」は確かに、家族のために自分の人生を犠牲にせざるをえなかった世代の女性だが、本作はそのつらさをひとつの文脈に収斂させてはいない。「私」は「父が高校に通わせてくれなかったから恨みを抱いたわけじゃない」く、母の気持ちを察する「涙もろい少女」だったんだと語る。作中に登場する時調（シジョ）が示すように、繊細で感じやすいからこそ眠れないほどつらく、良き人間でありたいと思うからこそ夫を憎む気持ちに葛藤し、母の言葉に傷つく。そして憎んだ父や夫もまた、思わぬ災難に人生を左右され、家族を支えるという重責に押しつぶされた人なのだ。著者が余計な叙述を排除して淡々と描くのは、こういった複雑で思いどおりにならない現実そのものだ。

著者は二〇一九年、長編小説『優しい人』のあとがきで、「人間という存在はどれくらいの悲しみに耐えられるのだろうか？」、「作家はどれくらいの悲しみが適切で、どれくらいの希望が適切なのか判断できる存在なのだろうか？」と自問

〇三九

し、「答えられないことが怖かった」と語っている。痛みを抱えた読者が共感できるようなリアルな現実を描きたいが、その過酷さを小説でどこまで表現すべきなのか悩む著者の誠実な人柄が伝わってくる。実際、どうにもならない悲しい出来事は現実にあふれている。だからこそ著者は、そこから情緒の方向を切り替えてくれるユーモアの力を強調し、作品にも溶け込ませているのだ。

私がこの作品の翻訳に取り組んでいた二〇二〇年は、折しも感染症の大流行で世界中が一時停止を余儀なくされた年だった。社会全体が先の見えない不安に焦り、苛立ち、それゆえに自分の正義をふりかざして互いに傷つけあう悲しい場面も見られた。必死に生きる人ほど、この強制的な一時停止に戸惑ったのかもしれない。二〇二一年となった現在もまだ出口は見えていないが、私自身はこの期間に翻訳を通してこの小説の世界に没頭できたことで、じっと待つ心の余裕を持てたように思う。

人生はいつ何が起きるか分からない。これからも、自分では解決できない大きな壁にぶつかることがあるだろう。そんなときは、一人で絶望する前に立ち止まってユン・ソンヒの小説を手に取ってみたい。彼女の描く人物たちに思いを馳

せ、その苦しいけれどどこか可笑しい日常の一コマに共感するうち、肩の力が抜け、絶望からも距離を置けるはずだ。どうしようもないときは、いつか誰かが「テン」をしてくれるまでゆっくり待てばいい。「ある夜」はそんな気持ちにさせてくれる、どこまでも優しく、力強い小説だ。

金憲子

著者

ユン・ソンヒ（尹晟僖）

1973年京畿道水原生まれ。1999年東亜日報の新春文芸に
短編小説「レゴで作った家」が当選し、作家デビュー。
2019年に本作「ある夜」で金承鈺文学賞を受賞したほか
現代文学賞、今年の芸術賞文学部門優秀賞、黄順元文学賞、
韓国日報文学賞など数々の文学賞を受賞。
主な作品に短編集『レゴで作った家』
『そこにいるのは、あなた？』『風邪』『笑っている間』などがある。

訳者

金憲子（きむ ほんじゃ）

1982年大阪生まれ。大阪市立大学文学部哲学歴史学科卒業。
韓国系企業と日本企業で勤めたのち字幕翻訳に携わる。
渡韓して梨花女子大学通訳翻訳大学院韓日通訳科を修了。
フリーランスを経て現在は企業の社内通訳翻訳者として勤務。
第4回「日本語で読みたい韓国の本　翻訳コンクール」にて
本作「ある夜」で最優秀賞を受賞。

어느 밤

1

일주일 전, 나는 아파트 놀이터에서 킥보드를 훔쳤다 손잡이
에 거북이 모양의 스티커가 붙어 있는 분홍색 킥보드였다. 발판
에는 파란색으로 장민지라는 이름이 쓰여 있었다. 그날 낮에 남
편의 작은아버지를 뵈러 상주에 갔었다. 작은아버지는 잔치국
수를 먹으러 마을회관에 가다가 떨어진 감을 밟아 넘어졌다. 어
디 부러진 곳은 없는데 응급실에서 하룻밤을 보내고 돌아온 뒤
부터 정신이 오락가락한다고, 완전히 끊어지기 전에 한번 다녀
가시라고, 작은아버지의 딸이 전화를 걸어왔다. 전화를 끊고 참
이상한 말이라는 생각을 했다. 끊어지다니. 사람이 끈도 아니고.
작은아버지는 남편과는 다섯 살밖에 차이가 나지 않았다. 할아
버지가 쉰 살이 넘어 재혼을 한 뒤 낳은 아들이었는데 그게 창
피해서 사람들에게 사촌형이라고 거짓말을 하곤 했다고 남편은
말했다. 둘은 같은 국민학교에 다녔다. 결혼식장에서 작은아버
지는 내게 이렇게 말했다. 내가 이 집안 남자들을 좀 알지. 그러

니 조카며느리에게 미리 사과할게. 그 말 때문인지, 배다른 동생이란 이유로 형들이 한푼의 유산도 나눠주지 않았다는 이야기를 들었기 때문인지, 암튼 나는 남편의 집안사람들 중에서 유일하게 작은아버지만은 미워하지 않았다. 작은아버지는 조카며느리를 알아보았지만 정작 자신의 조카를 알아보지 못했다. 작은아버지의 사위가 닭백숙을 끓였다. 감 껍질로 만든 사료를 먹여 키운 닭이라고 했다. 식사를 마친 다음 매실차를 마시는데 작은아버지가 내게 물었다. 그런데 왜 혼자 왔어? 우리 조카, 죽었어? 남편이 작은아버지의 손을 잡고 말했다. 삼촌, 나 여기 있어. 내가 민용이잖아. 작은아버지가 남편의 얼굴을 빤히 쳐다보다가 고개를 저었다. 아니, 아니야. 그렇게 말하며 울었다. 그러고는 내게 남편이 어렸을 적에 새총으로 옆집 아이의 눈을 맞힌 적이 있다는 이야기를 들려주었다. 민용이가 그전에도 여물을 먹는 소를 향해 새총을 쏘아서 지 아버지한테 엄청 혼난 적이 있었지. 개가 어릴 적에 좀 못됐어. 한 번 더 걸리면 큰형 성격에 가만두지 않을 것 같아서, 그래서 내가 가서 말했어. 사실은 내가 그런 거라고. 4대 독자가 병신이 될 뻔했다며 옆집 아저씨가 내 뺨을 때렸지. 나는 작은아버지에게 왜 그랬냐고 물었다. 왜 대신 혼났냐고? 나를 작은아버지라고 안 부르고 형이라고 불러줘

서. 그런 조카가 죽었다니. 작은아버지는 이야기를 마치고 또 울었다. 그 모습이 보기 싫었는지 작은아버지의 딸이 곶감 말리는 걸 구경시켜주겠다고 해서 따라나섰다. 곶감이 주렁주렁 달려 있었다. 우와, 주황 주홍 천지다. 내 말에 작은아버지의 딸이 웃으며 대답했다. 언니, 여긴 온통 주홍 주황 다홍이에요. 곶감 구경을 하고 돌아와보니 작은 아버지가 낮잠을 주무시고 계셨다. 베개 밑에 십만원을 넣은 봉투를 밀어넣었다. 돌아오는 길에 접촉사고가 났다. 버스가 차선을 바꾸던 트럭의 뒤를 받았다. 다행히 다친 사람은 없었지만 두 기사가 언성을 높이며 싸웠고 그래서 수습하는 데 오래 걸렸다. 집에 돌아오니 저녁 아홉 시가 넘었다. 저녁밥 하기 귀찮다고 누룽지나 끓여먹자고 하자 남편이 우리도 편의점 도시락이라는 걸 먹어보자고 말했다. 내가 사는 102동에서 아파트 상가에 있는 편의점을 가려면 중앙놀이터를 지나야 했다. 도시락을 사가지고 돌아오는 길에 킥보드를 보았다. 그네 옆에 킥보드가 있었다. 마치 방금 전까지 거기 사람이 앉아 있던 것처럼 그네가 흔들렸다. 나는 그네 위에 도시락을 내려놓고 킥보드를 타보았다. 왼발을 발판에 올려놓고 조심스럽게 오른발로 밀었다. 반짝, 반짝. 바퀴에 불이 들어왔다. 킥보드를 타고 놀이터를 한 바퀴 돌았다. 그리고 도시락을 들고

집으로 와서 남편과 늦은 저녁을 먹었다. 남편은 이내 잠이 들었고 나는 새벽까지 잠들지 못했다. 소파에 앉아서 텔레비전을 멍하니 보았다. 끊어졌어, 끊어졌어. 작은아버지의 딸이 한 말이 자꾸 떠올랐다. 생각해보니 맞는 말 같았다. 밖에 나가보니 보름달이 환했다. 달빛이 좋아서 아파트 단지 안을 걸었다. 차들이 겹겹이 주차되어 있었다. 작고 오래된 아파트라 주차 공간이 터무니없이 부족했다. 작년엔 주차 시비 끝에 칼부림이 나서 사람이 죽기도 했다. 그때 뉴스 인터뷰를 했던 경비는 술에 취해 경비실에 오줌을 누던 주민에게 욕을 한바탕하고 그만두었다. 놀이터에 가보니 킥보드가 그대로 있었다. 민지야, 너는 몇 살이니. 나는 킥보드를 보며 중얼거렸다. 움직이지도 않았는데 바퀴의 불이 켜졌다 이내 꺼졌다. 그게 무슨 신호처럼 느껴졌다. 나를 가져가세요, 라고 말하는 것 같았다. 그래서 킥보드를 훔쳤다.

킥보드를 125동 옆에 있는 자전거 보관대에 숨겨두었다. 거기가 놀이터에서 가장 멀리 떨어져 있는 동이었다. 킥보드를 자전거 보관대에 두니 훔쳤다기보다는 잠시 맡아두었다는 느낌이 들었고, 그래서 민지라는 아이에게 미안한 마음이 들지 않

았다. 다음날, 동사무소 문화센터에 가는 길에 일부러 125동 앞을 지나가 보았다. 누군가가 킥보드 옆에 세발자전거를 세워두었다. 세 달 전부터 동사무소에서 마술을 배웠다. 화요일과 목요일. 노인들을 위한 마술교실이라 동전 옮기기나 카드 맞히기같이 간단한 것들을 가르쳤다. 선생님은 수업시간 전에 유명한 마술 영상을 하나씩 보여주었는데, 그날은 금붕어를 삼켰다가 다시 뱉는 마술을 보았다. 강의가 끝나고 나이가 비슷한 수강생들하고 동사무소 옆에 있는 오천원짜리 한식 뷔페에서 점심을 먹었다. 밥을 먹으면서 다들 삼시 세끼를 챙겨 먹는 게 지겹다는 이야기를 했다. 저녁에 남편이 삼겹살을 먹자고 해서 고기를 구웠다. 남편은 평소에는 아홉 시면 잠을 자는데, 그날은 늦게까지 프로야구를 보았다. 9회 말에 동점이 되어 경기는 연장으로 넘어갔다. 남편에게 어느 팀을 응원하느냐고 물었다. 남편은 아무 팀도 응원하지 않는다고 했다. 10회 초 만루 기회를 놓치고 말았다. 바보들. 남편이 말했다. 갑자기 속이 답답했다. 삼겹살을 먹은 게 체한 듯했다. 11회 말에 끝내기 안타가 나와 경기가 끝났다. 열시 오십 분이었다. 남편은 잠을 자러 안방으로 들어갔고, 나는 혼자 소파에 앉아서 이런저런 프로그램을 보았다. 그러다 재미가 없으면 텔레비전을 끄고 화면에 비친 내 모습을 보

았다. 열두 시가 지나자 밖으로 나왔다. 그리고 킥보드를 끌고 아파트 외벽을 따라 만들어진 자전거도로로 갔다. 처음 이 아파트로 이사를 왔을 때 아침마다 자전거도로를 서너 바퀴씩 걷곤 했다. 남편에게는 무릎이 아파서 운동을 한다고 핑계를 댔지만 실은 남편과 같이 아침밥을 먹기 싫었기 때문이었다. 나는 킥보드를 타고 자전거도로를 두 바퀴 돌았다. 처음에는 익숙하지 않아서 천천히 돌았고, 두 번째는 조금 빨리 돌았다. 트림이 시원하게 났고 체기가 사라졌다. 그다음 날은 남편과 산악회 총무의 장례식장에 갔다. 연락이 안 되어서 집에 갔더니 화장실에 쓰러져 있었다고 총무의 아들이 말했다. 남편은 소주를 마셨고 육개장을 먹다 옷에 흘렸다. 택시를 타고 돌아오는 길에 남편이 말했다. 아까워. 참 좋은 사람이었는데. 나는 대답하지 않았다. 총무가 산악회 돈 백만원을 몰래 썼다가 들켜서 회원들과 멱살을 잡고 싸웠던 일을 남편은 잊은 듯했다. 그날 밤, 킥보드를 타고 자전거도로를 세 바퀴 돌았다. 두 번째 돌 때는 노래를 불렀다. 조개껍질 묶어 그녀의 목에 걸고……, 노래를 부르다 보니 지금이 가을이 아니라 여름이면 좋겠다는 생각이 들었다. 가을밤은 깊어만 가고 잠은 오지 않네, 하고 가사를 바꾸어 불렀다. 노래를 부르고 나니 피식 웃음이 났다. 누가 보면 미친년이라 하겠

네. 목요일에는 감기 기운이 있어서 마술수업을 걸렀다. 김치죽을 끓여 먹고 종일 낮잠을 잤다. 그래도 킥보드 타는 일은 멈추지 않았다. 목도리를 두르고 생강차를 끓여 보온병에 담았다. 자전거도로를 한 바퀴 돈 다음 정문 앞에 있는 버스 정류장에 앉아서 생강차를 마셨다. 금요일에는 비가 왔다. 저녁밥을 먹으면서 텔레비전을 보는데 남편이 미친놈들이라고 말했다. 개그맨들이 얼굴에 우스꽝스러운 분장을 하고 게임을 하고 있었다. 나는 욕을 하는 남편을 보고 이런 생각을 했다. 저이가 왜 저렇게 되었을까? 비는 멈추지 않았고, 새벽에 냉장고 정리를 했다. 그러면서 남편의 좋았던 모습을 떠올려보려 애를 썼다. 군고구마를 품에 안고 오던 어느 겨울밤. 그런 날들이 없었던 것은 아니었는데도 자꾸만 미친놈 미친년 하고 욕을 하는 모습만 떠올랐다. 삼 년 전에 담근 마늘장아찌를 버렸다. 내가 감기에 안 걸리는 건 매일 마늘을 다섯 쪽씩 먹기 때문이야. 남편은 마늘장아찌를 먹을 때마다 같은 말을 하고 또 했다. 토요일에는 킥보드를 한 시간이나 탔다. 타다 힘들면 버스 정류장에 앉아 쉬었다. 이번에는 따르릉따르릉으로 시작되는 동요를 불렀다. 우물쭈물하다가 큰일납니다. 마지막 가사가 마음에 들어 같은 구절을 부르고 또 불렀다. 그러자 남편을 미워하는 감정이 조금 사라지

는 것 같았다. 언제부터인가 남편이 죽었으면 하는 생각이 들
곤 했다. 불쑥불쑥. 그런 생각을 하면 가슴이 아파왔지만 그렇
다고 생각이 멈춰지진 않았다. 오늘 저녁에 남편과 말다툼을 했
다. 변기 물을 내리지 않아서 구시렁거렸더니 남편이 잔소리 좀
그만하라며 소리를 질렀다. 나는 정갈하게 늙고 싶었다. 가끔 옛
집이 그리웠다. 거긴 화장실이 두 개였으니까. 변기에 락스를 반
통이나 부었다. 킥보드 타는 게 익숙해져서인지 먼 곳까지 가보
고 싶은 생각이 들었다. 며칠 전부터 입주를 시작한 아파트 단
지에 가보았다. 새 아파트 단지라 그런지 단지 내에 산책길이 많
았다. 킥보드를 타기에도 좋았다. 그래서 속도를 냈다. 내리막길
에서도 멈추지 않았다. 넘어지면서 나는 킥보드 손잡이에 왜 거
북이 모양의 스티커가 붙어 있는지를 알아차렸다. 거북이처럼
느릿느릿. 그래, 그건 경고문이었다.

2

눈을 감았다 떴다. 똑딱. 빛이 지구를 일곱 바퀴 돌았을 것이
다. 또 눈을 감았다 떴다. 똑딱. 그건 딸이 어렸을 때 내게 알려
준 거였다. 엄마, 눈 한 번 깜빡일 시간에 빛이 지구를 일곱 바

퀴나 돈대. 딸은 일이 뜻대로 되지 않으면 눈을 감았다 뜨곤 했다. 눈 깜빡할 시간. 그 시간에 빛이 지구를 몇 바퀴나 돈다고 생각하면 자신의 고민은 하찮게 느껴진다고 했다. 나는 고개를 돌려 아파트를 올려다보았다. 불이 켜진 집이 하나 보였다. 불이 켜진 저 집에 누가 살까 상상해보았다. 처음으로 내 집을 마련한 사람들이었으면 좋겠다는 생각을 했다. 오늘 이사를 왔을 거야. 너무 좋아 차마 불을 끄지 못하는 거겠지. 처음으로 내 집을 마련했을 때 나는 딸과 함께 거실에서 이불을 깔고 잠을 잤다. 엄마, 너무 넓어 잠이 안 와. 딸이 말했다. 나중에 어른이 되거든 더 크고 더 넓은 곳에 가서 살렴. 내 말대로 딸은 미국으로 유학을 갔다가 그곳에 정착을 했다. 등이 시려 왔다. 집에 돌아가 뜨거운 물에 몸을 담가야지. 몸살에 걸리기 전에. 나는 일년에 한두 번씩 몸살을 앓곤 했는데, 그때마다 똑같은 꿈을 반복해서 꾸었다. 꿈속에서 어린 나는 하염없이 달린다. 입을 벌리고 아아아 소리를 내며. 그러다 개울을 가로지르는 다리를 만나면 달리기를 멈추고 까치발로 다리를 건넌다. 살금살금. 마치 곧 무너질 다리를 건너는 것처럼. 다리를 지나 또 달린다. 그렇게 한참을 달리다 나는 뭔가 이상하다는 걸 눈치챈다. 맨발. 신발이 벗어진 줄도 모르고 달린 것이다. 왔던 길을 되돌아가 보

지만 신발은 찾지 못한다. 그래서 어린 나는 운다. 새 신발을 잃어버려서. 발바닥이 아파서. 어머니가 옷소매로 내 얼굴을 닦아주며 말한다. 괜찮아. 괜찮아. 그리고 입에 얼음을 넣어준다. 고드름이 아닌 진짜 얼음이다. 여름에 얼음을 먹어보다니. 그런 생각을 하다 꿈에서 깨면 식은땀으로 옷이 축축해져 있었다. 그러면 영락없이 몸살에 걸렸다. 어린 시절만 생각하면 어머니가 등목을 해주던 장면이 가장 먼저 떠올랐다 세 들어 살던 집의 뒤뜰에는 우물이 있었고 한여름이면 나는 거기서 등목을 하곤 했다. 주인집 여자가 오일장에 갔다가 머리핀을 사다준 적이 있었는데, 주인집 아들이 그걸 빼앗아 우물에 버렸다. 그 일이 있은 후부터 등목을 하지 않았다. 만복이 나쁜 놈. 머리핀이 생각날 때마다 나는 우물에다 얼굴을 박고 소리를 질렀다. 만개의 복. 그 이름을 짓고 남편의 사업이 잘되기 시작했다고, 그러니 뜻이 중요한 이름을 지어야 한다고, 주인집 여자는 임신한 어머니에게 말했다. 우리 큰딸도 그래요. 돈 주고 지은 이름이라고요. 그렇게 말을 했지만 사실 어머니는 아버지가 작명소에서 지어온 이름이 마음에 들지 않았다. 그래서 둘째 딸의 이름은 예쁘게 지어야겠다고 결심했다. 어머니는 영화배우의 이름을 따서 동생의 이름을 지미라고 지었다. 출생신고를 하러 가던 길에

아버지는 두어 군데의 술집에 들렀고 늘 그랬듯이 혀가 꼬인 상태로 동사무소에 도착을 했다. 그러고는 지민이라고 말을 했다. 아버지는 문맹이었지만 그 사실은 아무도 몰랐다. 늘 술에 취해 있었기 때문이었다. 한자는 어떻게 됩니까? 직원이 물었고 아버지는 아무렇게나 적어달라고 말했다. 지혜로울 지에 민첩할 민. 지혜로울 지는 동사무소 직원의 누나의 이름에서, 민첩할 민은 옆자리에 앉은 동료 직원의 이름에서 따왔다. 이름대로 잘 살고 있겠지. 누군가 이름을 물어볼 때 나는 지민이라고 거짓말을 한 적이 있었다. 기차에서 만난 대학생이었다. 그때 나는 열여덟 살이었고, 집을 나와 라디오 조립 공장에 다녔다. 손이 하얗고 길었다. 그렇게 손이 예쁜 남자는 처음이었다. 그래서 지민이라고 거짓말을 했다. 한 번 거짓말을 하니 계속 거짓말이 나왔다. 내년에 대학에 들어가면 서울에서 하숙을 할 예정이라고. 여대는 지루할 것 같은데 여대가 아니면 학비를 주지 않겠다는 부모님 때문에 어쩔 수가 없다고. 그 후로 나는 남자들이 이름을 물어보면 지민이라고 대답을 했다. 그랬는데 왜 남편에게는 본명을 말하고 싶었을까? 아마도 구부러진 엄지손가락 때문이었을 것이다. 남편의 왼쪽 엄지손가락은 기역자로 구부러져 있었다. 손톱도 찌그러져 있었는데, 공장 기계에 다쳐서 그렇게 된 거라고

생각했다. 내일 뭐해요? 남편이 묻자 나도 모르게 대답했다. 내일은 바빠요. 대신 모레요. 그리고 내 이름은 덕선이에요. 그놈의 손가락. 나중에 알고 보니 어렸을 때 어른들 몰래 경운기를 몰다가 다친 거였다.

몸이 떨렸다. 오른발을 들어보려 했지만 잘 되지 않았다. 왼발도 마찬가지였다. 팔꿈치로 땅을 디디고 상체를 일으키려는 순간 나도 모르게 신음소리가 나왔다. 척추부터 엉덩이까지 날카로운 통증이 지나갔다. 나는 천천히 심호흡을 했다. 다행히 손은 움직일 수 있었다. 그래봤자 휴대폰도 안 가지고 나왔으니 아무 소용이 없었다. 나무 사이에 반달이 걸쳐 있었다. 나는 보름달보다 반달이 좋았다. 딸도 반달을 좋아했다. 한 달에 두 번이나 볼 수 있어서 좋다고 딸은 말했다. 달을 보니 달맞이꽃이 생각났다. 시아버지의 병문안을 갔다가 막차가 끊겨서 딸을 업고 집으로 돌아오던 날, 달맞이꽃이 참 환했다. 곧 시아버지가 돌아가실 거라는 사실도 잊을 정도로. 소꿉놀이를 좋아하던 딸은 달맞이꽃을 따다가 꽃밥을 짓곤 했다. 딸과 함께 달맞이꽃을 튀긴 적도 있었다. 여름방학 숙제였다. 엄마랑 요리하기. 아카시아꽃도 튀겼다. 중학생 때 딸은 아픈 엄마에게 꽃을 튀겨 생일

상을 차려주는 아이의 이야기를 써서 글짓기 상을 받았다. 그때부터 똑똑했다. 사람들은 우리 부부를 비웃었지만 집을 팔아서 유학을 보낼 만한 가치가 있는 아이였다. 남편은 딸이 초등학교에 들어가자 다니던 공장을 그만두고 지물포를 차렸다. 도배 기술을 배워 나도 자연스럽게 일을 도왔다. 바쁘던 시절이었다. 도배지를 바닥에 깔고 앉아 고추장을 밥에 슥슥 비벼 먹던 시절. 그땐 참 입도 달았다. 가게를 차린 지 오 년 만에 처음으로 내 집을 샀다. 그리고 그 집을 일 년 만에 시동생이 날려버렸다. 다시 집을 장만하는 데 사 년이 걸렸다. 그사이 딸은 고등학생이 되었고, 공부방을 예쁘게 꾸며주자 전교 일등을 했다. 그리고 나는 도배를 하다 두 번이나 사다리에서 떨어졌다. 한 번은 팔이 부러졌고, 한 번은 무릎 인대를 다쳤다. 나는 외투 주머니에 손을 넣어보았다. 손수건이 있을 줄 알았는데 손수건은 없었다. 대신, 껌이 하나 들어 있었다. 껌을 씹으려다 말았다. 누워서 껌을 씹다가 껌이 기도로 들어가 죽은 사람이 지구에 한 명쯤은 있을 것 같았다. 나는 그렇게 황당하게 죽은 사람들의 이야기를 많이 알았다. 이십대 초반에 양장점에서 잠깐 일을 한 적이 있었는데, 그때 주인아저씨는 개밥을 주다가 개집 지붕에 튀어나온 못에 찔려 죽었다. 벌집을 향해 돌을 던졌다가 죽은 사람도

있었고 변비에 걸려 죽은 사람도 있었다. 세상에나! 중학생 때 딸은 그런 노트를 가지고 있었다. 거기에는 세상에 일어나는 황당한 이야기들이 적혀 있었다. 장례식 도중 죽은 줄 알았던 어머니가 관뚜껑을 열고 벌떡 일어나자 딸이 너무 놀라 심장마비로 죽었다는 이야기도 거기에서 읽었다. 자신 때문에 딸이 죽었다는 사실을 알게 되면 다시 죽고 싶지 않을까? 그래도 살아난 것에 감사하게 될까? 그 이야기만 떠올리면 눈물이 나곤 했다. 살 수도 죽을 수도 없을 테니까. 낡은 도배지를 뜯어내 시멘트가 드러난 방에 서 있으면 꼭 관 속에 갇힌 기분이 들곤 했다. 방이 아무리 커도 그랬다. 인테리어 업체에 밀려 장사가 시원찮아지자 남편은 가게를 접고 경비 일을 시작했다. 나는 딸에게 그 사실을 말하지 않았다. 딸은 청소를 하기가 귀찮아서 작은 평수로 이사를 했다는 내 말을 믿었다. 재채기가 났다. 재채기를 하니 목에서부터 종아리까지 통증이 느껴졌다. 재채기를 하다 죽은 사람도 있겠지. 나는 재채기를 하다 죽은 사람은 보지 못했지만 재채기를 하다 갈비뼈에 금이 간 사람은 보았다. 남편이 그랬으니까. 그러고도 남편은 일을 쉬지 않았다. 신축공사 현장에서 야간 경비일을 할 때였다. 갈비뼈가 금이 간 남편은 새벽 순찰을 걸렀다. 원래는 두 시간마다 한 번씩 순찰을 돌아야

했다. 가끔 가출한 십대들이 몰래 숨어들어와 술을 마시곤 했으니까. 그러던 어느 날, 공사 현장에서 여학생이 투신자살을 했다. 새벽에 그곳에서 또래 남학생들에게 끔찍한 일을 당했다. 조사 결과 남편이 순찰을 하지 않았으면서도 가짜로 업무 일지를 작성한 것이 밝혀졌다. 남편은 억울하다고 했다. 제대로 순찰을 돌았어도 발견할 수 없는 장소였다고. 순찰을 돌아도 옥상까지는 올라가지 않는다고. 경찰 조사를 받을 때 남편은 그 말을 하고 또 했다. 남편은 해고되었다. 그 일이 있은 후 남편은 어딘가 조금 변했다. 하루종일 뉴스를 보았고 그때마다 미친놈 미친년이라고 욕을 했다. 사기꾼들도 미친 연놈이었고 평생 모은 재산을 기부한 사람도 미친 연놈이었다. 나는 남편 몰래 여학생의 유골이 안치된 납골당에 찾아간 적이 있었다. 억울하다니. 남편의 말이 잘 이해 가지 않았다. 진짜 억울한 사람은 따로 있었다. 남편 대신 그 아이에게 사과를 했다. 나는 고개를 왼쪽으로 돌려 다시 한 번 아파트를 올려다보았다. 아직 불이 켜져 있었다. 나는 구구단을 외웠다. 정신이 끊어지지 않도록. 8단을 외우는데 불이 꺼졌다.

남편이 없어졌으면 좋겠다는 생각이 드는 날이면 나는 신경

써서 저녁 밥상을 차렸다. 남편은 돼지 등뼈를 넣고 끓인 비지찌개를 좋아했다. 동태찌개도 좋아했는데 이리와 애가 들어간 걸 좋아해서 재료를 사러 일부러 수산시장까지 갔다 오기도 했다. 그런 음식을 하는 날이면 남편은 식탁에 앉아서 오늘이 내 생일이네, 하고 말하곤 했다. 남편의 환갑 생일에는 딸이 들어왔다. 박사과정을 준비중이라고 했다. 학위를 마치면 셋이 미국 여행을 하자고 딸이 말했다. 내 환갑 때는 오지 않았다. 대신 선물이라며 핸드백을 보냈다. 남편의 칠순에는 돈을 부쳤다. 좋은 곳에 취직을 했다고, 그러니 걱정 말고 맛있는 거 사 드시라고. 내년 내 칠순에는 올까? 딸이 오면 제주도라도 가야겠다. 생각해보니 가족 여행이라는 걸 한 번도 가본 적이 없었다. 나는 손을 뻗어 주변을 더듬어 보았다. 만져지는 거라고는 낙엽밖에 없었다. 낙엽들을 모아 배 위에 올려 보았다. 그래봤자 아무 소용 없다는 걸 알면서도. 저기요. 불이 꺼진 아파트 단지를 향해 소리를 질렀다. 드라마 같은 걸 보면 사람 살려, 하고 소리도 잘 지르던데 아무리 해도 그 말은 나오지 않았다. 저기요, 누구 없어요. 나는 조금 더 큰 목소리로 불러 보았다. 바람이 불었고 낙엽 하나가 내 얼굴 위로 떨어졌다. 설탕하고 프림이 듬뿍 들어간 커피가 먹고 싶어졌다. 커피를 안 마신 지 몇 년이 되었다. 오줌 마려

운 걸 참지 못하게 되면서 커피를 끊었다. 사람들은 치매가 무섭다고 했지만 나는 요실금이라는 병이 제일 무서웠다. 내가 날 잊는 건 괜찮았다. 하지만 오줌 묻은 팬티를 빠는 건 다른 문제였다. 그 남자도 늙었겠지? 아내를 위해 로켓과 우주선이 그려진 벽지를 고르던 남자. 남자가 그런 벽지를 고르길래 나는 사내아이가 있는 집인 줄 알았다. 하지만 휠체어를 탄 아내를 보는 순간 그게 아니라는 것을 알았다. 그건 걷지 못하는 아내를 위한 선물이었다. 지구에서는 걷지 못하지만 우주에서는 그까짓 것 아무 상관이 없다고 남자는 아내에게 말했다. 남편분이 참 다정하시네요. 도배를 마치고 나는 여자에게 말했다. 너무 다정해서 병이에요, 하고 여자가 대답했다. 집에 돌아오는 길에 다정도 병인 양하여 잠 못 들어 하노라, 하고 시조를 중얼거려보았다. 자꾸 그 말을 중얼거려보니 마음이 따뜻해지는 것만 같았다. 그때 나는 심한 불면증에 걸렸다. 냉동창고 사업을 한다는 시동생에게 남편이 보증을 서주었고 그래서 처음으로 산 집을 날렸기 때문이었다. 다정도 병인 양하여 잠 못 들어 하노라. 자기 전에 그 말을 중얼거렸더니 거짓말처럼 불면증이 사라졌다. 나는 그 남자를 짝사랑했다. 근처에서 도배 주문이 들어오면 일부러 그들 부부가 사는 집에 가 보았다. 일층이어서 거

실 안이 들여다보였다. 남자가 아내에게 물을 가져다주는 걸 보았다. 아내가 텔레비전을 보다 웃으면 남자가 따라 웃었다. 어느 날에는 도배가 잘 되었는지 확인한다며 초인종을 누른 적도 있었다. 풀이 불량이었는지 최근에 한 도배가 죄다 들떠서 확인하러 왔다고 거짓말을 했다. 방에 가 보니 침대맡에 결혼사진이 걸려 있었다. 나는 벽지를 만지는 척하면서 액자를 건드렸다. 액자가 삐뚤어졌다. 그 집에 가고 싶어질 때마다 나는 늙어서 오줌도 제대로 못 누는 남자의 모습을 상상하곤 했다. 그러면 마음이 진정되었다. 그들 부부는 그 집에서 삼 년을 살았다. 삼 년 후, 나는 그 집에 새 도배를 하러 갔다. 집을 산 중년 부부는 아내가 아이를 낳다 죽었고 그래서 남편이 집을 급매로 내놓았다는 이야기를 들려주었다. 나는 로켓과 우주선이 그려진 벽지를 뜯어내고 꽃무늬 벽지를 발랐다. 콧물이 났다. 나는 옷소매를 당겨서 코를 풀었다. 그리고 다시 한 번 여기요, 하고 소리질렀다.

어머니는 나를 혼자 낳았다. 아버지는 건설 현장을 찾아 지방을 돌아다녔는데, 내가 태어날 때는 댐 공사 현장에서 인부로 일을 했다. 우체국 직원이 아버지에게 딸이 태어났다는 전보를

읽어주었고 같이 일을 하던 인부들이 박수를 쳤다. 댐 공사는 삼 년이 넘게 이어졌다. 아버지는 그 일만 끝내면 그동안 모은 돈으로 함바집을 차릴 생각을 했다. 아내가 음식 솜씨가 좋다는 자랑을 사람들에게 하곤 했다. 하지만 돌더미에 왼쪽 다리가 깔리는 바람에 불구가 되었다. 얼마나 좋은 사람이었는데. 술에 취한 아빠를 피해 주인집 광에 숨어 있으면 엄마는 나를 품에 안고 그렇게 말하곤 했다. 전쟁통에 고아가 되어 식모살이를 했던 엄마에게 아버지는 이런 약속을 했다. 나중에 식모를 부리게 해주겠다고. 아이 돌보는 식모, 밥하는 식모, 빨래하는 식모, 다 얻어주겠다고. 아버지는 노래를 잘 불렀다. 목소리가 애잔해서 즐거운 노래도 슬프게 들렸다. 그걸 동생이 닮았다. 어렸을 적에 동생은 마을 잔치에서 노래를 불러 커다란 고무 다라이를 타오기도 했다. 겨울이면 거기에 뜨거운 물을 받아 목욕을 했다. 동생이 먼저 씻고 그리고 내가 씻고 마지막에 엄마가 씻었다. 목욕을 마치고 나면 우리 셋은 늘 군고구마를 먹었다. 목욕하는 동안 알맞게 구워진 고구마를. 어디선가 개 짖는 소리가 들렸다. 그 소리가 반가웠다. 그래, 그래, 계속 짖어라. 몇 시쯤 되었을까? 남편은 새벽에 화장실에 가는 버릇이 있는데 지금쯤 내가 없어졌다는 걸 눈치챘을까? 남편과 첫 데이트를 하던 날 우

리는 다방에 가서 팥죽을 먹었다. 눈이 왔으면 더 맛있었을 것 같아요. 내가 말했더니 남편이 그러자고 했다. 눈이 오면 또 오자고. 그러면서 남편은 집 한 칸 마련할 돈도 없는 놈이 연애하자고 해서 미안하다고 말했다. 팥죽 때문에 몸이 따뜻해졌기 때문인지 나는 나도 모르게 남편에게 고아라고 고백을 했다. 엄마와 동생과 인연이 끊어진 지 오래되었으니 완전히 거짓은 아니었다. 엄마는 내게 말했다. 다시는 찾아오지 말라고. 만약 내가 그러지 않았다면 엄마가 그랬을 거 아니냐고. 그 말이 목구멍까지 치밀어 올라왔지만 나는 말하지 않았다. 엄마가 술에 약을 타는 걸 봤다고 나는 말하지 않았다. 엄마는 약을 탄 술병을 들고 울었다. 엄마, 나 배고파. 나는 일부러 우는 엄마에게 말을 걸었다. 엄마, 나 배 아파. 나는 일부러 우는 엄마 옆에서 울었다. 그것 때문이었다. 아버지가 고등학교를 보내주지 않아서 앙심을 품은 게 아니었다. 엄마가 찬장 안쪽에 숨겨둔 약을 버리지 않아서, 지긋지긋하다는 말을 달고 살아서, 그래서 그랬다는 걸 엄마는 모른다. 내가 고아라고 했을 때 남편은 내 손을 잡고 말했다. 우리집은 가족이 아주 많아요. 내가 반 나눠줄게요. 그런 말에 감동을 받다니. 다시 그 시절로 돌아간다면 나는 내 손을 잡고 이렇게 말하는 남자와 연애를 할 것이다. 그동안 얼마

나 외로웠어요? 이제 걱정 말아요. 아버지는 우물에 빠져 죽었다. 마을 사람들은 그렇게 알고 있을 것이다. 주인집 여자는 아버지가 술에 취하면 늘 우물물을 떠먹었다고, 몸을 제대로 못 가눠서 위험한 순간이 한두 번이 아니었다고, 경찰에 증언을 해주었다. 딸이 태어난 뒤 나는 아이를 업고 그 집을 찾아가 보았다. 옛집은 사라졌다. 그 자리에 이층집이 새로 지어졌다. 대문 앞에서 한 남자가 담배를 피우고 있었는데, 만복이를 닮은 것 같았다. 복 많이 받아라. 나는 중얼거렸다. 엄마는 사이비종교에 빠져 동생과 사라졌다. 신도들과 함께 어느 산속에서 공동체 생활을 한다는 소문을 듣고 찾아갔을 때 엄마는 말했다. 못된 년. 나는 그 말이 억울했다. 나는 눈물이 많은 소녀였다. 나는 책갈피에 단풍잎을 끼워두는 소녀였다. 시를 외우는 걸 좋아하는 소녀였다. 빗방울이 이마에 떨어졌다. 비를 맞자 웃음이 났다. 쌤통이다. 쌤통이야. 차라리 비가 멈추지 않았으면 좋겠다는 생각이 들었다.

3

나를 발견한 청년은 독서실에서 공부를 마치고 집으로 가던

길이었다고 했다. 원래는 밤을 새울 예정이었는데, 빗소리가 들렸고 그 소리를 가만히 듣다 보니 헤어진 여자친구가 생각났다. 오 년을 사귀는 동안 한 번도 싸우지 않아서 친구들한테 비현실 커플이라고 놀림을 받곤 했다. 그런데 싸우지 않고도 헤어질 수 있더라고요. 청년은 내게 말했다. 그럼, 그럼. 사랑하지 않고도 평생 사는 사람도 많아. 나는 그렇게 말했다. 청년은 점퍼를 벗어 나를 덮어주었다. 그리고 얼굴에 비를 맞지 않도록 손을 모아 우산을 만들어 주었다. 죄송해요. 우산이 없어요. 평소에 청년은 독서실에서 밤을 새우고 일곱 시쯤 집으로 돌아갔다. 그러면 고등학교 삼학년인 남동생이 허겁지겁 아침을 먹고 있었다. 어머니는 이미 출근을 한 뒤였다. 동생이 학교에 가면 남은 반찬으로 밥을 먹었다. 그리고 설거지를 하고 청소기를 돌리고 동생의 침대에 누워 잠을 잤다. 그런 생활을 한 지 삼 년이 넘었다. 빗소리를 듣다 충동적으로 가방을 싸서 독서실을 나온 청년은 점퍼에 달린 모자를 뒤집어썼다. 그리고 걸었다. 지금 집에 가면 동생이 잠을 깰 것만 같았다. 청년은 동생을 좋아했지만, 만약 동생이 없었다면 혼자 방을 썼을 텐데 하는 생각을 가끔 하곤 했다. 그래서 청년은 집에 가지 않고 이 아파트로 왔다. 단지에 조성된 산책로 끝에 지붕이 있는 정자가 있는 게 생

각나서. 며칠 전, 청년은 독서실을 가던 중에 횡단보도 앞에서 이삿짐 트럭을 보았다. 한 대도 아니고 다섯 대가 나란히 서 있었다. 어떤 집이길래 트럭이 다섯 대나 필요한가 싶어서 따라가 보니 아파트 단지가 나왔다. 아파트 정문에 입주를 축하드립니다, 라고 적힌 플래카드가 걸려 있었다. 플래카드를 보자 그제 야 다섯 대의 트럭이 모두 다른 집의 이삿짐이라는 것을 알아차 렸다. 청년은 트럭에서 이삿짐이 내려지는 것을 구경했다. 사다 리를 타고 짐들이 새집으로 올라가는 것을 구경하다 보니 이상 하게도 눈물이 났다. 101동 1601호. 그 집에는 피아노가 있어요. 피아노를 보는데 어릴 적 피아노 학원에 다니던 여동생이 생각 났어요. 교통사고가 나서 죽었거든요. 뺑소니였어요. 나는 오른 손을 들어 청년의 손을 잡았다. 손이 차가웠다. 아팠겠네. 나는 말했다. 모르겠어요. 그냥 그 후로 뭔가가 사라졌어요. 성공하고 싶은 마음, 뭐 그런 것들이요. 사람들한테는 고시 공부중이라고 거짓말을 했지만 사실 아무것도 안 해요. 청년이 말했다. 나는 그래도 된다고 말해주고 싶었다. 가만히 있는 것도 힘든 거라고. 딸이 초등학생일 때였다. 일을 마치고 집에 가보니 모서리에 쪼 그리고 앉아서 울고 있었다. 무슨 일이냐고 물었더니 아무도 땡 을 해주지 않았다는 거였다. 얼음땡 놀이를 하는데 아무도 땡을

해주지 않았다고. 그래서 혼자 얼음이 되었다고. 그 후로 나는 딸과 얼음땡 놀이를 자주 했다. 아침에 딸을 깨울 때도 그랬다. 딸이 얼음이라고 외치면 내가 땡 하고 말하며 딸의 이마에 꿀밤을 먹였다. 내가 사다리에서 떨어져 팔이 부러진 적이 있었거든요. 나는 청년에게 말했다. 그때 딸이 내게 말했다. 엄마, 얼음 하고 외쳐. 그래서 나는 얼음 하고 말했다. 삼십 분이 지나도 한 시간이 지나도 딸은 땡을 외쳐주지 않았다. 딸이 땡을 해주길 기다리면서 나는 종일 소파에 앉아 있었다. 저녁이 되었고 그제서야 딸이 내 손을 잡으면서 땡 하고 말했다. 나는 화장실에 가서 시원하게 오줌을 누었다. 그러면서 생각했다. 아, 가끔 얼음이 되어야겠다고. 나는 청년에게 지금은 술래를 피해 얼음이 된 거라고 말했다. 너무 걱정하지 말라고. 곧 누군가 땡 하고 외쳐줄 거라고. 얼음땡 놀이란 그런 거라고. 누군가 땡 하고 말해줘야 집에 갈 수 있는 거라고. 그러자 청년이 웃었다. 흐흐흐, 그렇게 웃었다. 조금 있으면 구급대원이 도착할 거예요. 그러면 제가 땡이라고 말해줄게요. 청년은 말했다. 마술수업 첫날, 선생님은 이렇게 말했다. 마술에서 기술보다 더 중요한 건 유머라고. 나는 그 말이 잘 이해되지 않았다. 그런데 이제는 조금은 알 것만 같았다. 비가 잦아들었다. 청년은 오늘 113동 303호의 이삿짐을

구경했다고 했다. 그날 이후로 청년은 독서실에 가기 전에 이곳에 들러 이사하는 풍경들을 보았다. 303호는 식탁 의자가 여섯 개였다. 냉장고도 세 대였다. 109동 1004호는 신발이 무지 많았다. 이삿짐을 나르던 사람들이 하는 이야기를 들었다. 이렇게 신발 많은 집은 처음 봤다고. 111동 2003호는 화분이 많았다. 커다란 화분들이었다. 베란다뿐만 아니라 거실도 가득 채울 수 있을 것 같았다. 맨 꼭대기 층이라 옥상을 쓸 수 있나? 청년은 그런 의문이 들기도 했다. 그런데요, 참 이상한 집도 보았어요. 애써 신고 와서는 다 버리더라고요. 장롱도 버리고 소파도 버리고 식탁도 버리고. 처음에는 이사를 가는 줄 알았어요. 그 집만 짐이 내려와서요. 그러더니 인부들이 쓰레기장 앞에 짐들을 쌓아놓더라고요. 궁금해서 가서 물어봤어요. 이게 뭐냐고. 그랬더니 버리는 거래요. 새집에 안 어울린다며. 이삿짐 트럭이 떠난 뒤에 청년은 식탁 의자에 앉아보았다. 식탁 가운데 동그랗게 냄비에 눌린 자국이 보였다. 그걸 손바닥으로 만져보았다. 한참을 그러고 있다 청년은 짜장면 한 그릇을 배달시켰다. 제가 미친놈 같죠? 그런데, 거기서 짜장면을 먹어보고 싶었어요. 나는 눈을 감고 그 장면을 상상해보았다. 경비가 봤으면 그렇게 소리쳤을 것이다. 당신 미쳤어, 하고. 멀리 사이렌 소리가 들렸다. 개 짖는 소

리도 다시 들렸다. 우리 엄마는 말이에요. 나는 청년에게 말했다. 정말로 미쳤어요. 종교에 빠져서 딸도 버렸거든요. 다시는 찾아오지 말라고 엄마가 내게 말했을 때 나는 엄마한테 말했다. 미친 것보다는 못된 게 더 낫다고. 그러니 나는 잘 살 거라고. 이제 사이렌 소리가 아주 가까이서 들렸다. 나는 청년에게 분홍색 킥보드를 가져다 달라고 부탁했다. 청년이 킥보드를 가지고 왔다. 나는 바퀴를 돌려보았다. 반짝, 반짝. 다행히 고장이 나지는 않은 것 같았다. 장민지. 청년이 킥보드에 쓰여 있는 이름을 읽더니 내게 손녀냐고 물었다. 나는 그렇다고 했다. 나는 청년에게 부탁을 했다. 손녀가 놀라지 않도록 그 킥보드를 제자리에 갖다 달라고. 중앙놀이터 그네 옆에 두면 된다고. 청년이 그러겠다고 약속을 했다. 나는 내가 사는 아파트를 알려주었다. 청년이 자기도 거기에 산다며 반가워했다. 나는 청년에게 단지에서 마주치면 맥주 한잔 사주겠다고 약속을 했다. 청년이 말했다. 이왕이면 치킨도 같이 사주세요. 나는 알았다고 고개를 끄덕였다. 구급대원들이 달려왔다. 그러자 청년이 내 손을 잡고 말했다. 이제 땡이에요. 그래서 나도 청년에게 말했다. 자네도 땡. 그러니 이제 집에 가요.

韓国文学ショートショート
きむ ふなセレクション 14
ある夜

2021年7月31日　初版第1版発行

〔著者〕ユン・ソンヒ（尹晟僖）

〔訳者〕金憲子

〔編集〕藤井久子

〔校正〕河井　佳

〔ブックデザイン〕鈴木千佳子

〔ＤＴＰ〕山口良二

〔印刷〕大日本印刷株式会社

〔発行人〕　永田金司　金承福

〔発行所〕　株式会社クオン

〒101-0051　東京都千代田区神田神保町1-7-3 三光堂ビル3階

電話 03-5244-5426　FAX 03-5244-5428　URL http://www.cuon.jp/

This book is published under the support of
Literature Translation Institute of Korea (LTI Korea).